KB070930

사랑도 고요가 필요할 때 있다

황청원

전남 진도에서 태어나 1978년 《현대문학》에 시가 추천되어 시인이 되었다.
시집 『우리나라 새벽안개』『다시 흰 감자꽃 피어도 고향에 갈 수 없겠지 그대는』『떠돌이 별로 떠서』『바람 부는 날에는 너에게로 가고 싶다』『내가 온전히 나일 수 없음은 내 안에 그대가 숨어 있기 때문이다』『우리가 혼자였다면 얼마나 외로웠을까』, 산문집 『칡꽃향기 너에게 주리라』『그대는 내 잠 속으로 와서』『돌아오지 않는 이를 위하여』『누군가 사랑하고 싶을 때 길을 떠나라』『마음으로 부르는 이름 하나』『언제나 너의 이름은 따뜻하다』『혼자 살기엔 너무 쓸쓸한 세상』, 사진산문집 『새벽여행』 등을 냈다. 그리고 노래시 「소금장수」는 초·중·고등학교 음악 교과서에 실렸다.
mumu145@naver.com

사랑도 고요가 필요할 때 있다

—

초판 1쇄 2017년 12월 22일
지은이 황청원
펴낸이 김영재
펴낸곳 책만드는집

—

주소 서울 마포구 양화로 3길 99 4층 (04022)
전화 3142-1585·6
팩스 336-8908
전자우편 chaekjip@naver.com
출판등록 1994년 1월 13일 제10-927호
ⓒ 황청원, 2017

—

ISBN 978-89-7944-631-9 (03810)

사랑도 고요가 필요할 때 있다

황청원 시집

책만드는집

투병, 그리고 은둔이었다. 쓰던 시도 끊고 혼자였었다.

그렇게 10년 넘은 시간을 보낸 탓일까. 시들이 까칠까칠하다. 그래도 바람결에 맡기기로 했다.

그새 사람은 살았는지 시는 죽었는지 안부를 걱정해준 인연들 향해 너무 늦은 답신을 보내는 것 같다.

아직 여기 한 생을 공존하며 무엇이든 공유할 수 있음에 합장이다.

2017년 12월
황청원

| 차례 |

2부

3부

4부

1부

붉은 모란

이제 막 붉디붉은 모란이 피었습니다
그대 있었을 때 피었으면 좋았을 텐데

가랑비

가랑비 오거든 실컷 젖어보자
어느 한 군데도 빠짐없이 젖어보자
가랑비 따라갔던 옛 절터에서
비에 젖을수록 소소하게 살아나는
돌부처의 미소 보지 않았느냐
마른 것 놓아버리고 깊이 젖어서
티끌만큼도 감춤 없이 드러내 보자
서로 닿지 않는 먼 거리의 사랑도
온전히 젖어야 더 또렷해지는 법
비에 젖은 후 또렷해진 섬들끼리
서로 오붓하게 가까워져 보이듯
날로 또렷해지는 사랑을 위하여
가랑비 오는 날 하고 싶은 것은
아직 깊어지지 않은 그대와 함께
내리는 가랑비에 젖어보는 것이다
가랑비에 젖어 기차를 타보는 것이다
기차를 타고 창밖의 가랑비를 보는 것이다

빈 의자

아침 무렵 늦게 잠 깬 새들 쉬어 가는 것 보았습니다

점심 무렵 금방 떨어진 꽃잎들 쉬어 가는 것 보았습니다

저녁 무렵 홀로 뜬 눈썹달 쉬어 가는 것 보았습니다

나는 물끄러미 바라보면서도 잠시 쉬어 가지 못합니다

누군가에게 단 한 번 빈 의자 되어준 적 없어서입니다

다시 천은사

광주 거쳐 처음 온 그때처럼
다시 천은사 대숲에 봄비가 와요

속 비워져 윤기 난다는 것도 모르고
미끄러지는 빗방울 대나무 탓이래요

참새 혀 같은 찻잎들 언제 내려갔는지
비에 흠뻑 젖은 채로 더엉 더엉 종을 쳐요

늘 그랬었나 있는 마음 아껴두지 않고
서로 꽉 끌어안으며 범종 소리로 울어요

큰 보리수 나뭇가지에 걸린 종소리를
다른 새들이 찻잎인 줄 알고 물고 가요

돌아가 편히 쉴 집 어딘가 알 수 없지만
불도 켜지 않고 불면 없이 곧 잠들겠지요

종각 사는 목어는 눈 뜨고 깨어 있는데
일주문 처마 풍경은 새벽 예불 가고 없어요

마삭줄 이파리같이 많은 날의 인연이여

그대는 흰바람개비꽃 따라서 섬진강으로 가세요
나는 먼저 구례구역으로 가서 이른 기차를 탈게요

장작이 말하기를

나는 시퍼런 도끼날 앞에서
무참히 쪼개지며 소리를 친다
아 정말 기다렸다 기다렸다
잎 푸르던 시절 잊지 못하고
이대로 나무인 척 살기는 싫었다
산골짜기 여기저기 아무렇게나 버려져
먹성 좋은 흰개미 떼의 밥이 되기는
살점 파먹혀 딱따구리의 집이 되기는
산에서 보낸 울창한 생애가 아까웠다
내가 마른 몸 바쳐 꼭 해야 할 일은
크게 입 벌린 아궁이 속에 던져져
활활 타는 불꽃의 사랑이 되는 것이다
변하지 않는 영원한 숯이 되는 것이다
나처럼 문득 불꽃이고 싶은 이도 있으리라
나처럼 문득 숯이고 싶은 이도 있으리라

민들레를 밟았다

아차 민들레를 밟았다
꽃도 피기 전에 밟혀 아프겠다
꽃도 피기 전에 밟아서 미안하다
천방지축 오고 가는 발자국 아래
펄떡이는 심장 속 피를 잠재우며
새 목숨 번지고 있는 것도 몰랐다
무심한 인기척에 근심했을 너를
오롯이 지켜봐 주지도 못했으면서
늘 거기 있는 꽃이려니 하고 살았다
너무 늦어진 어설픈 위로에도
흠씬 밟히고 밟혀 생겨난 상처
날마다 조금씩 다져지고 아물어
여러 개의 꽃을 달고 자욱이 필 때
잔잔하던 말의 숨소리 나는 들었다
밟혀보지 않으면 꽃 피워내도 절대 눈물 나지 않는다는
다져지지 않으면 사랑해도 절대 빛나지 않는다는
너의 그 말이 이토록 서럽게 은은할 줄이야

빈방
－꽃과 나비 1

내가 고요를 주마
너의 빈방 허허롭지 않게
필 데 없는 꽃들 들르거든
갈 데 없는 나비들 들르거든
돌멩이 단단하듯 사랑하고 살아라
더 비워져도 좋으니 고요하게 살아라
사랑도 고요가 필요할 때 있더라

노간주나무 숲으로

삶에 외로움 많다는 친구여 나는
차츰차츰 외로워진다고 생각될 때
노간주나무 숲으로 가보려고 하네
바늘 같은 잎새들 뾰족하게 달고도
서로 찔러 아픈 피 흘리게 하지 않는
한 그루 따뜻한 나무로 사는 걸 아는가
폭설에 파묻혀 가지들 마냥 무거워도
서로 품 꺼안고 절대 몸 꺾이지 않는
한 그루 정정한 나무로 사는 걸 아는가
저수지 아랫말 개 짖는 소리 끊기고
외로운 사람들 다른 외로움 거두어
편히 쉴 집으로 착하게 돌아가는 저녁
밤이면 새들도 날아와 외로움 털고 가는
뒷산 노간주나무 숲으로 가보려고 하네

호박꽃

살다 보니 낮아지고 싶을 때도 있었지
살다 보니 가려지고 싶을 때도 있었지

때론 맨땅에 누워 있는 너처럼 말이야
때론 큰 잎에 숨어 있는 너처럼 말이야

이 생에 너처럼 사는 이 보거든
너를 만나 배웠다고 꼭 말해주마

—누가 자기만 꽃이라 하더냐
  그대가 참으로 귀한 꽃이다

그대는 내 안에서

그대 지금 사는 곳
너무 은밀하고 견고하여
밤새껏 하늘에 매달린 별도
쉽게 발견하지 못할 것입니다
뭣이든 눈여겨보는 사람도
전혀 알아차리지 못할 것입니다
밧줄에 꽁꽁 매인 부두의 배처럼
폭풍 와도 풀려나지 않을 것입니다
종착역에 닿은 마지막 기차처럼
깊게 잠들어 떠나지 않을 것입니다
그대는 내 안에서
아무도 눈치챌 수 없게
두근거리는 가슴 숨죽이며
숨어 피는 꽃이기 때문입니다

잘린 나무들에 대하여

몽똑몽똑 잘린 토막 말고
더 이상 가진 것 없는 나무들아
낯선 이 찾아와 억센 팔에 힘주어
은빛 톱날 시퍼렇게 갖다 댈 때
그리하여 평생 버텨온 목숨 버릴 때
어찌할 바 몰랐을 마음 너무 아팠겠다
가까운 바람들이 떠난 길 물어물어
마른 잎 털어주러 와도 소용없겠다
함부로 팽개쳐져 생긴 상처 끌어안고
흔들리지 못하는 맨몸으로 여기 누워
하늘에서 내려오는 눈발만 보고 있으니
차라리 눈 내려 살았던 마을 지워지고
정든 이웃들의 발자국 소리도 지워지고
한데 모여 살다 헤어진 작별의 순간까지
까마득히 기억나지 않게 잊었으면 좋겠다
덥석 꺼내기 어려워 한참 머뭇거렸다만
그렇게 그리운 것들 모조리 잊어버리고
야물고 강건한 너희들의 모든 것 던져서

세상 사람들의 집이 되어주는 건 어떻겠니
누구라도 껴안아 줄 사랑이 되어보는 건 어떻겠니

은둔 편지

물길 빠른 수초 속에 숨어
처음 이름 가진 데 떠나지 않고
다시 새 몸 바꾸는 물잠자리처럼
은둔한다 말하겠습니다

한 철 깊은 바닷속에 숨어
오래 입다 지친 껍질 버리고
다시 새 옷 갈아입는 새우처럼
은둔한다 말하겠습니다

그렇게 그렇게 여기 지상에서
누구의 기억에도 쉽게 흐려지는 곳
아예 아득히 잊힌 자로 숨어서
날로 단단해져 결코 깨부수기 힘든
무의미한 삶의 결심 같은 것들을
꼭 태워야 할 허울인 듯 벗어던지고
스스로 잘 지어놓은 집이 되기 위해
은둔한다 말하겠습니다

우리의 애쓰던 일상이 달려가
저문 노을 끝에 가만히 이르렀을 때
가장 일찍 뜨는 별빛 함께 어우르며
그 집의 고요한 저녁 배경이고 싶어
나는 지금 은둔한다 말하겠습니다

하늘 그리고 나무에게

구름 흘러가게 한 것이 아닐 텐데
잎 떼어내려 한 것이 아닐 텐데
그 많던 구름들 사라지고 없네요
그 많던 잎들 사라지고 없네요
이미 흔적 없는 구름들 기억나나요
이미 자리 없는 잎들 기억나나요
어디에서 바라보아도 그냥 그대로군요
일부러 흘러가게 한 적 없어설까요
일부러 떼어내려 한 적 없어설까요
떠난 뒤 한 번도 찾아오지 않는 이가
그림자처럼 곁에 있음은 무엇 때문인가요
그렇다고 눈물 나는 그리움도 아닌걸요

사랑은 오랠수록 눈부시다

죽은 나무 끝에 걸린 달이
어둠 덮인 까만 길 비춘다
낯설지 않고 서로 눈부시다
오랜 밤 같이 지냈나 보다

달이 밤길에게 묻는다
사랑도 오래면 눈부실까
죽은 나무 살아나 미소다
사랑은 오랠수록 눈부시다

나에게

혼자
아닌
여럿이
한집
되어
피는
파꽃을
보다가
언제부터
혼자였는지
하도
아련하여
눈을
감았다

별을 보다가

종일 걸어온 길가에 물봉선꽃 핀 줄도 몰랐다
그저 밤별이 뿌려놓은 말들인 줄만 알았다

하기야 내 그림자 놓치고 헤맬 때도 많았다
기다릴 줄도 몰라서 왔던 길 금세 돌아가고 말았다
오래오래 가슴속 대못 같던 그리운 얼굴도 잊었다
당연히 먼저 사라지는 시간의 뒷모습도 눈치채지 못했다

사는 것 훌쩍 접히면 눈물 난다는 일
다 그런 것들 때문일까

하늘로 돌아가 별이 된 이들의 안부가 궁금하다
아는 이들의 별들이 있는지 눈여겨 바라본다
저기 은하수 뒤로 보이는 어느 별이 말한다

―한밤중 익숙한 별빛이 불러 잠 깨거든
  오늘은 잊지 말고 부디 잊지 말고
  그 옛날처럼 나의 이름 한번 불러다오

고드름

울지 말아요

그냥 눈물 나는 거 아니잖아요

종종 온다던 사람도 오지 않는데

아주 멀리 떠난 사람이 어디 오겠어요

2부

선인장

온몸에 가시를 달고 산 지 오래지요
그 가시들 사이로 꽃 피울 때도 있어요
가시는 그냥 내 심장일 수 있고
가시는 그냥 내 혈관일 수 있고
가시는 그냥 내 머리칼일 수 있고
가시는 그냥 내 눈빛일 수 있고
가시는 그냥 내 속마음일 수 있는데
다들 두 눈 크게 뜨고 두려워하지요

누구에게 상처 될까 염려할 때마다
날카로운 가시들 싹둑 자르고 싶어
세상 어디든 외로이 헤매고 다니지요
어느 길 끝 고개 떨군 나를 만나면
그게 아니다 괜찮다 말하진 않더라도
지긋하게 바라봐 줄 수는 없을까요
어차피 사람들끼리 함께 사는 일도
아픈 데 꼼꼼히 지켜봐 주는 거잖아요

그대 발밑을 보라
-꽃과 나비 2

그대 발밑을 보라 나비 한 마리 울고 있다
사랑하던 꽃이 죽어서 금방 놓아줄 수 없어서

누구라도 한때 꽃이고 나비인 적 있었기에
먼저 보내고 난 아픔의 끝없음을 보았으리라

꽃의 사랑한 시간이 나비의 사랑한 시간이
언젠가 꽃으로 나비로 온다는 걸 알고 있으니

땅에 떨어진 꽃 보아도 뭉개지도록 밟지 말자
서러운 나비 다시 날아와 울고 싶을지 모르니까

지리산 고사리

구부러진 몸 아주 피기 전에
거친 손 만나 댕강 꺾이기 전에
태안사 진달래꽃물 술술 흘러드는
곡성 쪽 섬진강으로 봄 소풍 가서
녹슨 철길 아래 사는 은어 떼에게
요즘 수박 내 덜 나는 까닭을 묻다가
애기 손톱보다 작은 그물코에 걸려
어부의 노고단 같은 정수리 맨 꼭대기
하얀 운무 두른 지리산이 되었다네
그래서 발길 묶여 사랑한 기억도 오랜
늙은 기차의 눈물만 바라보고 산다네

그대를 사랑하지 않는 이유

그대는
발소리 끊겨 가시덤불 얽힌 산길도
빈틈없이 사랑할 줄 아는 사람입니다

그대는
가물고 갈라져 거칠기만 한 강바닥도
빈틈없이 사랑할 줄 아는 사람입니다

그대는
천둥 벼락에 몸 버려 그늘 없는 나무도
빈틈없이 사랑할 줄 아는 사람입니다

그대는
젖은 빨래 말릴 때 햇살 감춘 하늘도
빈틈없이 사랑할 줄 아는 사람입니다

그대는
가까운 이름 쉽게 지워버리는 사람도

빈틈없이 사랑할 줄 아는 사람입니다

나도 빈틈없이 사랑할 줄 아는 사람이고 싶습니다
그러나 너그럽지 않은 마음 무성한 사람이기에
그대에게도 차마 사랑한다고 말하지 못하는 것입니다

그것이 그것이
내가 그대를 사랑하지 않는 이유랍니다

인연

말간 손톱 속
하얀 초승달 하나
외로이 걸렸다

나를 처다보는
유심한 그 눈빛
어디서 본 듯하다

낯선 길

그대 가보았느냐 낯선 길을
개망초꽃 미친 듯이 피어 걸음 막아서는 곳
허허 망연하여 무릎 꿇는 사람들을 보았느냐
낯선 길에서 만난 사람들 어김없이 낯설지만
사람들의 몸끼리 이윽고 개망초꽃밭이 되어
차근차근 희고 노랗게 물들어 흔들릴 즈음에
어느 누구라도 익숙하게 그 길 걸어가더라
검은 개미들도 익숙하게 그 길 지나가더라
낯선 길은 벌써 지워져 낯선 길이 아니고
내 몸속 개망초꽃밭 가득 낙화 천지인데
왜 그대한테 가는 길은 언제나 처음처럼 낯서냐

소금호수로 가보래요

외로움이 밥이라는 그대를 불러
자줏빛 진한 소금호수로 가보래요
꼭 전갈이 살지 않는 사막을 지나
소금벌판을 가로질러 걸어가래요
사각사각 태엽 소리 가득할 거래요
밟히며 내뱉는 소금들의 탄성이니
모른 척 지나가도 괜찮을 거래요
멀리 지평선부터 신기루 사라지고
노을의 손짓 따라 어둠 올 거래요
밤 짙으면 별들이 살며시 내려와
외로운 이들의 방이 되어줄 거래요
내내 구부리고 살던 무릎 마주하고
허물없이 누우면 잠들 깊어질 거래요
어두운 방 꿈이 차올라 투명할수록
잡초처럼 자란 외로움 꺾일 거래요
외롭게 젖어 있던 짠물도 타들어 가
소금의 기쁨일 수 있음을 볼 거래요
소금기에 푹 절여진 우리의 외로움

농익은 소금꽃으로 피어날 거래요
외로움 떠나간 가장 낮은 자리에서
자줏빛 소금 같은 사랑이 자랄 거래요

봄날

텅 빈 곳 수북하게 살아난 햇볕들 즐겁다

어디에서 왔는지 말 없는 바람들 간지럽다

길게 잠들었던 나무들의 맑은 피돌기가 보인다

풀풀 말라 있던 풀들이 젖은 채 꿈 깨듯 일어선다

얼음 풀린 호수 버리고 철새들도 어제쯤 떠났다

겨울 건너온 근심들이 이제야 비로소 안온하다

봄날 세상 덮는 아지랑이는 멀리서도 눈물겹다

아픈 사랑을 위하여

오래돼 낡은 돌다리 지나가다 보았다
새들이 떼를 지어 빙빙 돌며 수군댔다
검은 먹구름이 거친 장대비를 뿌렸다
깽깽이풀들의 사랑이 깊어지고 있었다
그 돌다리 위에서 한 사랑이 이별을 한다
깽깽이풀들에게 흘러든 빗물이 아프다
보기도 아까워서 눈물 날 일 많았을 텐데
그늘져 갈 시간의 뒷모습이 걱정스럽다
그러나 살면서 아픔도 힘이 되지 않던가
깽깽이풀들이 나와 작별 인사를 한다
우리가 꽃으로 피었을 때 보고 싶다
아프게 떠났던 그대들의 식은 사랑이
다시 꽃으로 피어 함께 흔들리는 것을

이끼 2

허옇게 드러난 나무뿌리를 보아도
성한 데 없이 깨어진 돌 틈새를 만나도
그 아픈 상처 눈 감아 지나치지 못하고
묵묵히 몸 바쳐 덮어주는 네가 부럽다

흐르는 강물이 강바닥 감싸 안듯
저무는 노을이 어둠 속 쓸어안듯
누굴 만나 한 생의 위안이 되기 위해
무심히 온몸 던져 깊어지는 네가 부럽다

고백

이질풀을 보아도 이질감이 전혀 없습니다
애초에 당신을 처음 보았을 때도 그랬습니다

다친 새 절룩거리며 지나갈 때 몹시 아파하던
당신의 첫 눈빛 기억합니다
잠들어 늘어진 아기 손 조심스레 거둬주던
당신의 첫 미소 기억합니다
바람에 꺾여 고개 떨군 맨드라미꽃 어루만지던
당신의 첫 손길 기억합니다
긴 의자는 함께 앉아야 편하다고 자리 내주던
당신의 첫 마음 기억합니다
좁은 골목길 누굴 만나도 잠깐 비켜주고 내딛던
당신의 첫 발자국 기억합니다

나는 흰분홍색 가리지 않고 이질풀꽃을 좋아합니다
이질풀꽃 좋아하듯 이질감 없이 당신을 좋아하겠습니다

꽃무릇

먼저 피는 꽃이
늦게 나온 잎에게
어디 갔다가 오냐고
치근대며 묻지 못한다
언제 한 번이라도
스친 적이 있어야지

혹시
기다림이 뭔지 몰라
기다리지 않을 뿐인가
혹시
상봉할 일 수줍어서
기다리지 않을 뿐인가

배롱나무 아래 누워
꽃 잎 꽃 잎으로
차곡히 겹치고 싶은 것도
끊기지 않는 꿈일 텐데

물기 젖은 밀밀한 흙 속
뿌리로만 닿는 사랑이니
어찌하랴

그 누가
보고 보지 않는 곳에서도
부끄럼 없이 솔직한 사랑이
멀리 길게 가는 사랑임을
진즉부터 알고 있었나
꽃무릇은

보길도에 왔어요

송곳 같은
외로움 들킬까 봐
홀연히 세상 버린 친구가

보길도에 가면
바다 닮은 선술집 주모가 있다 하여
보길도에 왔더니 집주인은 간곳없고
민어 잡던 늙은 어부만 웃고 있군요
몇 개 남은 누런 이 민어 비늘 같아요

보길도에 가면
눈물 뚝뚝 떨어지는 동백 숲 있다 하여
보길도에 왔더니 동백꽃들 다 지고 없고
동박새만 꽃 진 자리 찾아가 울고 있군요
마른 꽃잎 밟아도 친구는 따라오지 않아요

보고픈 사람 잃을 때도 많지요
그리운 사람 잊을 때도 많지요

그 사람 그 마음 그림자 되어 잡으면
가는 길 한없이 늦어질 때도 있지요
살다 보면

그래도 내가 너무 늦게 왔나 봐요
보길도는 보길도는 고요적적이네요

가을 기쁨

가을이 부탁을 합니다
가을 쓸쓸함 차오르거든
단풍나무 숲으로 가보라고
벌써 색색의 잎들은
자리를 털고 떠납니다
휑하니 비워진 숲 속
일찍 나온 밤부엉이가
빈 숲에서의 쓸쓸함은
부질없음이라며 웁니다
이미 단풍나무들은
가질 때보다 비워질 때
더 기쁨일 수 있다는 걸
알고도 침묵했었나 봅니다
무소유의 단풍나무들이
그대 기쁨이 되기 위해
가을 오면 쓸쓸해 죽겠다는
그대를 찾아가 손잡을 것입니다
쓸쓸함 포박할 그 가을 기쁨
내가 보낸 줄 알기 바랍니다

농부

말하더라
누구에게라도
한 생각 남기지 않고
맘껏 거름 되어준 적 있어야
기름진 밭에 씨앗 뿌릴 수 있다는 걸
그래야 실한 열매 얻을 수 있다는 걸
그것이 어여쁜 사랑이라는 걸
이미 사랑해본 농부가 말하더라

멀리 너를 보내고

너를 따라 떠났던 길들이
지금 돌아와 여기 닿았다
밤새 감기는 눈 비벼가며
새벽 무렵까지 서성이지 않았다
누구를 한없이 기다리는 일은
온기 잃은 불씨 불어대는 것이라
이미 깨달아 알고 있었기에

그 편에 안부를 듣는다
손으로 쓴 편지는 없어도
이사 간 마을 뒷산에 올라서
보이는 길들의 낯섦이
언제쯤 익숙해질까 염려하는
너의 파리한 적요를 읽는다

아는 이들 까맣게 잊힐까
묶인 짐 풀어 헤치지 못하고
온몸 물기 젖어 밤을 건너는

지친 호흡 소리 이해한다만
너마저도 낯선 마을에서
너를 만나면 서러워 눈물 날까
쉽게 길 떠나진 못할 것 같다

너 홀로 살아가는 천지간에
꽃 필 때 꽃 이파리 날아드는지
눈 내릴 때 눈발에 덮여가는지
가끔씩 안부는 전하겠다
빈 메아리처럼 덧없을지라도

한 순간 툭 질 수 있겠나

누가 말했다 연꽃은 연꽃은
한 순간 툭 지니까 아름답다고
그래서 자기도 한 순간 툭 지겠다고

한 순간 툭 지는 법 알고 싶어
바람 부는 날 연꽃밭에 갔다가
고추잠자리 사랑에 한눈팔려
어라 툭 지는 한 순간을 놓쳤다

놓친 순간은 싹 잊어버려라
마지막 갖는 미련은 티끌이다
아까 툭툭 떨어진 꽃잎들인가
물속에 내려가 가만가만 잠든다

단 한 순간 툭 질 수 있겠나
다 잊고 가만가만 잠들 수 있겠나
그게 말처럼 어디 쉬운 일이겠나

세상 끝 우체국

우수아이아*의 바닷가 우체국
흐릿한 소인 찍힌 엽서 한 장

세상 끝엔 우체국이 있는데
세상 밖엔 우체국이 없나 봐요

먼저 떠난 이들의 엽서가
아직도 오고 있지 않는 걸 보니

* 아르헨티나 티에라델푸에고의 주도로 세상에서 제일 남쪽에 있는 도시.

3부

연밥

그 무량한
바깥의 감탄은
찰나에 모두 잊었다

꽃의 시간을
방마다 가두고
숨소리마저 멈췄다

비로소 묵언정진이다

짝사랑

물들인 듯 보여 파란 하늘은 관심 없다
약간의 붉은빛 도는 하늘을 사랑한다
가까이 날아올라 춤추듯 몸부림쳤었다
보여주지 않는 마음을 원망하기 싫었다
속으로만 흔들리는 날개였을지 모른다
몇 날 보았다고 꿈처럼 젖어들긴 어렵다
서로의 등 갖다 대며 환해보자는 것이다
몰래 혼자 하는 사랑도 아프다 들었다
둘이 하는 사랑보다 더 아프다 들었다
짝사랑이 가장 순수하다는 말에 젖는다
붉은꼬리매는 구름 아래 숨어 흘러간다
하늘이 눈치채지 못하게 애무만 하고 있다
밋밋한 풍경 같은 사랑이 오래감을 믿는다

고은*

도피안사 왔다가
마음 보러 들렀네

피안**은 간데없고
모란만 몇 송이 피었데

피안도 버리고
모란도 버리고 살게

* 시인.
** 불교에서 말하는 이상향, 즉 깨달음 얻은 안락한 세계.

가지나물

김 오르는 밥 위에 올려 쪘나
매끈한 껍데기에 밥알 붙었다
데쳐진 몸뚱이 찬물 와 닿을 땐
살아서 폭폭했을 가슴도 식힌다
누이의 조물조물거리는 손 안에
한껏 탱탱하던 뽀얀 살점 여럿이
덜 여문 씨들과 어울려 으깨지며
실컷 부딪쳐 부딪쳐 멍든 것 같은
검푸른 잉크빛 진한 눈물을 흘린다
이 얼마나 고운 가지의 눈물인가
누이는 젊은 날 밀감 따러 갔다가
제주 협재 바닷가에서 본 물빛이란다
누이가 무쳐준 가지나물을 만난다
가지 눈물에 밥 몇 술 놓아 말았다
나이 들어 먹으니 어머니가 그립다
가지꽃색 저고리 좋아하신 어머니

돌동자승 2

볼 붉은 동자승
돌 속에 숨어서
꽃 지는 걸 보고 있다

수줍은가
두 손으로 두 눈 가리고
외친다 외친다

아주 지는 거 아니에요
잠시 자리 뜨는 거예요
다시 올 거예요
내년에

착한 개는

누군가 몰래 내다 버린
착하디착한 개 한 마리
너무 외로워 목청껏 울었다
우우우 긴 울음소리에 잠 깬
외로운 별똥별 떨어져 내렸다

착한 개는 오히려 미안하여
별똥별은 오히려 미안하여
서로에게 가장 편안한 집이 되었다
쓸쓸하던 시간으로 문패를 단 뒤
외로움의 무게 한결 가벼워졌다

독한 술 냄새 잘 마르지 않은
사람들의 그림자 쉽게 휘청이고
붉게 젖은 눈을 쓱쓱 비벼댈 때
왠지 문밖에서 별똥별이 울고 있다
개만도 못한 놈이란 말을 들었나

세상에 착한 개가 짖는다
오늘은 외로워서 우는 게 아니라
너무너무 서운하여 짖는 것이다
사람들처럼 무어라 말하지 않고
컹 컹 컹 컹 컹 컹 컹

혼자 울고 싶을 때

양파를 깔 때는 슬프다
웃을 일 있어도 눈물 난다
한 겹씩 옷 벗어 던지며
양파는 눈물을 강요한다
어떻게 알아냈을까
단단하게 무장하여 덮어둔
깊고 깊은 눈물샘을

눈물샘 자극하지 않아도
울어야 할 일 많은 세상을
휘익 나는 새들이 울고 간다
새들도 새들도 몸 바쳐
세상에 눈물을 던지는데
마음 다해 울어주지 못했다
울기 좋은 곳 잘 안다는*
어느 시인만 부러워했을 뿐

울기 좋은 곳을 몰라서

울고 싶어도 누가 볼까 봐
울지 못했던 시간들이여
뒤돌아보지 말고 떠나라
노란 반딧불이 데리고
봉숭아꽃 핀 마당귀에 앉아
나를 벗겨내듯 양파를 깔 테니
울면서 밤늦도록

* 이명수 시집 『울기 좋은 곳을 안다』에서 가져옴.

헌 옷

고맙다 고맙다
곁에 오래 있어줘서
정신없는 수은주처럼 덥거나 추울 때도
늦가을 밤 귀뚜라미 울음처럼 쓸쓸할 때도
토굴 사는 스님처럼 혼자 아파 눈물 날 때도
유행가 가사처럼 세상 골목 전전할 때도
한약 한 사발 입에 붓는 힘이었다
오직 나만을 위해 닳고 해진
너의 늙은 시간을 와락 끌어안는다
잘 가라 고마운 이별이다
누구보다 나를 사랑하였다는 것을
잊지 않으마
영영

꽃 피고 지는 것도 보고 사시나요

꽃밭 좋아하는 고양이 후크는 용담꽃 아래 낮잠이 기쁘다 오늘은 잘 때마다 파르르 떨던 수염들도 한 줌 적막이다 꿈길에 그리움 하나 내걸고 어디로 어디론가 가고 있는 것일까

온통 시든 시간들뿐이던 한때의 꿈길 스친다 아련히 식은 사랑을 자꾸만 미워하고 오지도 않은 사랑을 미리 두려워했었다 툭툭 피고 지는 꽃들 바라보는 일이야 마른 쭉정이 바스락대는 일상에 불과했었다 이젠 가련함 없는 마음으로 실처럼 가늘어진 길 따라 먼 산 넘는 내 꿈속도 응시할 수 있다

수 겹 꽃그늘잠에 묻혔다가 사르르 풀린 고양이 귓속말이다 청람빛 용담꽃 바다가 되어 소곤거리는 그 꿈길의 메아리를 듣는다

독감

너무나 부질없는
끈끈한 사랑에 묶인 채
벌써 며칠째 동침을 한다
매운 열을 겨우 삼키다가
불그스름한 첫사랑이 생각났다
타는 목구멍의 불덩어리가
첫사랑 그 뜨거움이 맞다

첫사랑은
첫눈 펄펄 내리는 날
가슴속에 떨리는 별을 품고
맨 처음 타보는 첫 기차다

첫사랑은
굳이 집착하지 않아도
두고 보면 볼수록 설레는
노른빛 도는 흑백사진이다

그리운 첫 기차도 아니면서
그리운 흑백사진도 아니면서
어찌하여 그렇게 사로잡느냐
금방 노을 지는 나이답지 않게
뜨겁게 불타는 사랑은 이제 싫다
제발 나를 집착에서 풀어다오

늙은 돌탑

봉업사* 빈 절터 하늘 낮게 나는 새들이 새들이
늙은 돌탑이 누군가를 하염없이 기다리는 걸 보았다고 하더라
혼자서 당간지주 빈 기둥만 어루만지며 서성인다고 하더라
몰래 떠나버린 줄 알고 시름시름 앓은 적도 있다고 하더라
옛날 절 생길 때부터 깊이 정들어 오래 살았기 때문이라고 하
더라

봉업사 빈 절터 마당 엉켜 자란 풀들이 풀들이
가끔은 끊어진 사랑도 찾아와 울고 가는 걸 보았다고 하더라
늙은 돌탑도 애잔한지 어깨 들썩이며 울어준다고 하더라
치성했을 사랑이 식어버린 연유를 물어본 적은 없다고 하더라
먼발치 젊은 돌탑들은 힐끗거리다가 하루해 저문다고 하더라

* 경기도 안성 죽산에 있던 절. 지금은 폐사가 되어 터만 남아 있음.

유혹

바짝 익은 새빨간 고추다
진한 빨간색으로 유혹한다
망설이지 말고 자기를 가져보란다
그러면 아주 깊이 사랑하게 될 거라고
잠깐 흔들리다가 입안에 넣고 만다
혀끝에서 가슴까지 매콤 달콤이다
이거 완전히 유혹당한 게 틀림없다
빨갛게 아주 빨갛게 물들여 달라고
불타는 마음으로 애원하고 있지 않은가
팔짱 낀 젊은 연인들이 지나간다
유혹하고 유혹당한 적 없다는 듯
고개 들어 파란 하늘 보며 떳떳하게
아니다 사랑에는 유혹이 필요하다
그러나 진심이란 그릇에 담기지 않은
거짓 유혹이라면 절대적 사랑이 아니다
세상에 유혹이 들끓기를 기도하다 웃는다

마른 갈대

몹시 바람 불던 날
늦게 갈대가 찾아왔었다
당신도 이제 나와 같아 보이는군
말하고 손을 잡았을 때
내 안 소년의 실체가 떠났다는 걸
시인할 수밖에 없었다
자기처럼 마르고 속 비워져도
살 만하여 죽어 사라지는 날은
쉽게 오지 않으니
안심하고 시간에 매달리지 말라
귀뜸하였다
어디서 듣고 살긴 살았는지라
솔직히 말로만
흐르는 시간 탓하지 않고
비워내고 산다 했었는데
비워내지 못한 건 사실이었고
비운 척 살았다 고백하자마자
가식의 그늘이 덮쳐 목을 조였다

한 줌 꿈이 지나간 뒤
꺽꺽거리다 겨우 몰아 내쉬는
내 숨 앞에
마른 갈대 화두 두고 떠났다
바람 거세게 불어오면
시간 지나온 속 빈 몸뚱이로
눈물 섞어 소리 내주고 산다오
허리 구부려 누워주고 산다오
그냥 있자니 너무 미안하니까

나의 전생은

세상 사람들은 전생 알고 싶다고 전생을 알게 될지 모른다고 히말라야 설산으로 간다 금생의 무거운 짐 검은 털 야크에게 다 맡기고 숨찬 가슴 달래며 천천히

히말라야 설산 봉우리 하나가 검은 털 야크의 힘든 발자국 소리 듣고 힘든 방울 소리 듣고 무거운 눈물을 흘린다 나도 눈물이 난다 그의 동그란 눈만 보아도 왜 눈물 나고 서러운 것인가

눈물 나지 말라고 검은 털 야크의 발자국 소리 자꾸 지워주는 방울 소리 자꾸 지워주는 히말라야 설산의 잦은 눈보라가 너무 고맙다 터벅터벅 산허리 지나고 있을 검은 털 야크가 보고 싶다 전생의 나인 것 같아서

아직 히말라야 설산으로 간 사람들의 전생 알았다는 전갈이 없다

귀의歸依

전혀 망설이지 않고
훌훌 돌아가는 것이다
흐르는 강물 있거든
나룻배가 되는 것이다
낯선 이들 다가오면
무리로 건너는 것이다
누구나 그립다는
저 언덕에 닿는 것이다
오래 살았던 집처럼
거기 머무르는 것이다
채웠던 것 비우고
세상 근심 잊는 것이다
마음밭 찰랑찰랑
꽃들 피게 하는 것이다
무엇에도 걸림 없이
어우러져 사는 것이다

이름

사람들은 참 영리하여
딱 맞게 이름도 잘 짓는다
노루궁뎅이버섯이란다

가만히 앉아 생각해보니
보지 못해 붙이지 않을 뿐
세상에 이름 없는 건 없다

새로운 별을 발견해도
새로운 풀꽃을 발견해도
이름 없으면 큰일 날 것처럼
사람들은 이름 붙이느라 바쁘다

노루궁뎅이버섯은 알고 있나
사람들이 불러대는 이름을
혹시 모를지라도 떳떳하리라
자기가 노루 궁뎅이를 닮았으니까

어느 날 누군가 다가와
내 이름 석 자 정겹게 부를 때
나는 얼마나 떳떳할까

층층나무

키 큰 층층나무 곁에 키 큰 아버지 보인다

아버지 마음속 층층이 가득했을 나의 집

밤마다 어둡지 말라 층층이 불 켰을 아버지

층층이 나는 새들도 알았을 걸 모르고 살았다

겨울 안거*

산길 끝 홀로 살던 억샛집 잃었나
이슬거미 한 마리 차실 안 헤맨다
차 마시고 가라고 차 한 잔 건넸다
차는 그대론데 아주 보이지 않는다
하긴 끈끈한 줄로 누굴 옭아매느니
차라리 면벽하고 어디 숨는 게 낫겠다

무엇에 깊이 옭아매이는 일은 슬프다
누구에게 쉽게 잊힐까 나를 옭아매고
가슴속 캄캄하게 사는 일은 더 슬프다

귀 시린 풍경 소리 한 자락 깔고 앉아
눈보라 데려다 마음 씻는 게 좋겠다
찬 숲 우우 핀 얼음꽃 심중에 내걸다

나도 거미도 겨울 그칠 때까지 안거 중

* 스님들이 일정한 기간 동안 한곳에 머물며 수행에 전념하는 것.

4부

참 오래된 시간

벌써 한 생이 휙 갔더라
순간에 기울이는 술잔처럼

돌아보니 저물어 아득한 길 위엔
어느새 내 그림자를 따라왔는지
늦게 피었다가 지는 동백꽃들이
버려진 세월의 껍질 속에 숨어서
괜히 왔다 간다며 후회하고 있더라

아니다 정녕 아니다
시작 끝 없이 오고 감의 반복이란
누구나 자주자주 하는 것이더라

그래도
흐린 점 하나 찍고 가느냐
아는 척 다가와 묻는 이 있거든
그냥 슬쩍 다녀간다고 말하자꾸나

진정으로

굴뚝 속에 사는 굴뚝새는
먹빛 그을음을 진정으로 사랑한다

사람들 속에 사는 사람들은
사람들을 진정으로 사랑하지 않는다

맑은 물 흐르는 냇가에 나가
굴뚝새는 깃털을 다듬는데
사람들은 마음을 꺼내 닦는다

굴뚝집으로 굴뚝새는 날아가고
사람들 서로서로 사랑을 비빈다
진정으로 진정으로

냇물 한 줄기 흘러가다가 웃는다

화두 들기

눕지 않았다
해가 눕고 달이 눕고 별이 눕고
그리고 살아 있는 것들 전부 누워 혼을 버려도
노승은 절대 눕지 않았다

그런데 눕는다
산이 눕지 않고 강이 눕지 않고 길이 눕지 않고
그리고 살아 있는 것들 전부 앉은 채 혼이 성성해도
나는 끝내 눕고 만다

빈 밥그릇

꽉 닫힌 밥솥 열어 밥 한 그릇 푸려다가
매끼마다 고슬고슬 생생한 밥알 가득으로
내 앞에 정갈하게 놓이던 밥그릇을 본다

아는 그릇쟁이 이 그릇 마음그릇이라며
사는 길 눈비 있거든 함께 담아 먹으라고
흙 불 빌려 몇 밤 새워 만들어준 밥그릇

때론 버거웠을 내 지친 삶 담겼을 법한데
욕심내 그득그득 채워본 적 없었는지
아무런 내색도 하지 않고 천연히 비었다

여태껏 알았던 이름들 흐려지게 살고도
아직 무엇 하나 비워내지 못한 나를 향해
보란 듯 온전히 비어 있는 내 빈 밥그릇

돌동자승 1
−석미石眉*동자에 부치다

동자의 눈 속이
온통 꽃밭이구나
아 부처의 방이다

입정 入定

비 그친 저녁
무심히 펴 본 손바닥 위로
물방울 하나 또르르 떨어진다
오므린 손 틈새 벗어나
어딘가로 굴러갈 모양이다
한 번도 지나간 적 없는 길마다
한 번도 본 적 없는 사람들이
등불 들고 나와 서 있다
발걸음 가까이 드리워진 불빛
바람이 훅 불어 거둔다
그리고 이내 암흑
암흑 뒤편 흘러간 세월이
새들처럼 떠올랐다가 사라진다
항상 세월은 사람들 사이에 숨어
사람들이 잃어버린 것들을
버리지 않고 차근차근 채집한다
사람들은 그 안에서 박제된 채
허수아비 옷 걸치고 들판 지난다

휩쓸려 번뇌 따라가지 말 일
헛디딘 발자국 바로 세운다
아무리 세월이 부여잡고
너는 곧 잊힐 사람이라 해도
다시 익숙해질 사람 아니라 해도
연잎 위 맑은 물방울인 듯 놓여
나를 뚫어져라 바라보는 것이다
금생에 끝내야 할 입정이다

찻사발

꼭 차만 담아 마시지 마라
가끔은 달빛도 담아 마셔라

서둘러 떠나는 길들을 생각하다

어둑어둑해질 때 산 떠나는 길들을 보았느냐
누가 뒤따라와 가는 걸음 막아설지 몰라
촘촘한 새의 깃털처럼 바삐 걸어가는 것을

오늘도 낡은 돌담 흘러내리듯 또 무너져 내릴
고단한 자들의 잠들이 깊지 않을 걸 알기에
숲의 만류도 귓등으로 털어내고 부산하다

제 몸속 화석으로 박힌 사람들의 발자국을
한시도 잊을 수 없어 열어둔 기억의 서랍엔
사는 일 흐려져 슬픈 눈빛들이 수척하게 빛난다

삶에 한없이 지친 자들과 함께 잠들 줄 아는
온 세상 길들의 끈끈한 염려가 왜 빛나는지를
이 짙은 어둠에 갇혀보고 나서야 알 것 같다

늦가을

더
고운 잎부터
먼저 떨구는
늙은 단풍나무의
아주 쓸쓸한
윤회*

* 중생이 미혹함에 빠져 생사의 세계를 그치지 아니하고 돌고 도는 것의 불교
적인 의미.

얼룩말을 만지다

얼룩말을 만지다가 얼룩말을 놓쳤다 아니다 얼룩말 온몸에 새겨진 길 끝을 잃은 것이다

얼룩말 처음 보았을 때 모든 길들 모여들어 휘감겨 얽힌 채 꿈틀꿈틀 몸서리치고 있는 것 같았다 언젠가 그 길 따라 걸어 어느 밤 세상 밖에 이르거든 불 켜진 집 문 앞 서성여보리라 다짐하였다 나와 이별했던 사람들 거기 앉아 차려지지 않은 빈 식탁과 함께 잠시 침묵 흐를 때 톡 톡 톡 노크도 없이 불쑥 들어가 세상 안의 안부를 안겨주고 싶어서였다 떠난 이름 아직도 너무 형형하고 떠난 자리 아직도 너무 쓸쓸하기에 잠들다 돌아누우면 잊힌 것들 또렷이 살아나 냇물처럼 흐를 때도 있노라고 슬프지 않게 말한 뒤 등 돌려 나오면 흐려졌던 길 끝도 얼룩말 등허리 어디쯤에서 선명하게 반겨주리라

다시 길 떠나기 위해 얼룩말을 만지다

토하土蝦*

너의 투명한 뱃속 샅샅이 보면서
내 속 시원하게 보여주지 못했었다
부끄러운 것 너무 많아 망설이다가

누구에게 상처로 못 박은 적 있다
집 문 닫아걸었다는 소식을 들었다
밤마다 씨앗 하나 눈물로 키워내며
달빛의 위로라도 필요했을 그 마음
휙 등 돌려 모른 체 돌아서 눈 감고
골짜기 휘젓는 산바람인 듯 살았다
찾아가 아픈 용서 모질게 받고 싶지만
나선 발걸음이 금세 길을 잃고 만다
못 박힌 상처 꽃으로 피었다 한들
바라보기 힘든 부끄러움일 것이다

언제부터 쌓여 있는지도 모르는
내 부끄러운 것들 모조리 봐달라고
내 늦어진 참회를 돌이켜 봐달라고

너희 몸뚱이 성성한 토하젓 한 숟갈
주저함 없이 입속으로 들여보낸다

* 새뱅잇과의 민물새우.

투병 일기

아플 때
아무도 오지 않을 때
빈 길 채우며 걸어오는
검은 땅거미 그림자에
갇혀본 적 있는가
붉게 내리던 노을이
밤의 심장으로 끌고 가
수면제 한 알을 투여하고
깨알 같은 꿈을 강요해도
잠은 쉬 깊어지지 않는다
켜켜이 포개져 굳어지는
짙은 어둠의 비늘 속에서
어렵지 않게 찾아낸 속삭임
육신이란 입다가 버리는
낡고 헌 옷가지 같은 것
그 말에 잠시 아픔 지워지고
긴 고통도 침묵하는 시간
어김없이 아침 물고 온

앞산 노란 꾀꼬리에게 바친다
청정한 합장을

파묘破墓를 하며

단단하여 질긴 풀뿌리 자르고
한 삽 또 한 삽 흙을 떠낸 자리에
길고 긴 이별의 집이 있었구나

솔잎 닮은 아버지의 수염도
꽃잎 닮은 어머니의 젖가슴도
어디 갔는지 사라지고 없구나

지나던 옛길 기척 없이 묵묵하고
아는 사람들의 마을은 텅텅 비어
기막힌 어둠 결에 눈 감고 사셨구나

잠깐씩 찾아와 술 한 잔 올리고
떳떳이 등 돌려 내딛던 발소리가
지독한 어리석음인 줄 몰랐구나

살포시 접혀 숨 죽은 한지 위로
햇살 등진 산 그림자 쉬어 가더니
흰나비 훨훨 반짝거리며 가는구나

거미줄

티끌도 남지 않게
비워지고 비워져
마침내 텅 빈 나를
온전히 바라보기 위해
날마다 거미는
길 없는 허공에
온몸을 던진다
온 마음을 던진다

콩물

동그란 몸뚱이
낱낱이 으깨어져
물 되어 바치니
어느 누굴 위해
온 가슴 부서지게
껴안은 적 없다
한숨짓지 말고
오래 말라 있던
빈 그릇 채우듯
칼칼한 무심으로
후루룩 마셔다오

봄밤 토굴에서

오는 봄비에 젖자
부는 봄바람에 흔들리자
내리는 봄 어스름에 묻히자
이내 봄밤이 심연처럼 깊어졌다

젖고 흔들리고 묻히는 것이 한 생이다

생은 아무도 모르는 사이에 날로 깊어지는 것이다

마음 낚시

물속 달을 낚다
마음속 달을 낚다

더 낚을 것 없을 때
구름인 듯 돌아가자
맨 처음 왔던 곳으로

거기 환한 꽃등 하나 들고
저리 멀고 험한 길 왔냐며
흠뻑 반기는 이 없어도

아주 익숙하게
혹은 아주 고요하게

은자의 청정하고 아름다운 시심

문태준 시인

    시인은 요즘 귀범전가歸凡田家에 산다고 했다. 평범함으로 돌아가 밭에 집을 짓고 산다는 뜻이다. 당신을 스스로 낮춰 평범한 보통의 사람이라 부른 것이며, 당신에게서 뛰어나거나 색다른 점을 보려고 하지 말아달라는 당부이기도 하다. 겸손과 낮춤의 세계에 산다고 한 것이니 주견主見을 내려놓고 버린 것이라고 하겠다. 밭에 집을 지었다는 것 또한 그러하다. 밭집이라 이르니 문득 소동파 생각이 났다. 소동파가 몹시 어려웠던 때에 거친 밭을 빌려 농사를 지으며 그 땅을 동파東坡(동쪽 언덕)라고 부르고 동파설당東坡雪堂을 짓고 살았다는 얘기가 떠올랐다. 시인이 생활하는 처소 또한 화려함을 버렸다는 뜻일 것이다.

    귀범전가에 은거하면서 쓰신 시편들이라 그런지 시편들을 다 읽고 나니 순백의 눈이 가만히 내린 아침의 들판을 본 것만 같다. 고요하다. 움직임이 없지는 않다. 순백의 눈이 덮인 들판 위를 막 지나온 맑은 바람이 불어온다. 고요하되 그 고요 속에 미묘한 움직임이 있다.

> 물길 빠른 수초 속에 숨어
> 처음 이름 가진 데 떠나지 않고
> 다시 새 몸 바꾸는 물잠자리처럼
> 은둔한다 말하겠습니다
>
> 한 철 깊은 바닷속에 숨어
> 오래 입다 지친 껍질 버리고
> 다시 새 옷 갈아입는 새우처럼
> 은둔한다 말하겠습니다
>
> 그렇게 그렇게 여기 지상에서
> 누구의 기억에도 쉽게 흐려지는 곳
> 아예 아득히 잊힌 자로 숨어서
> 날로 단단해져 결코 깨부수기 힘든
> 무의미한 삶의 결심 같은 것들을
> 꼭 태워야 할 허울인 듯 벗어던지고
> 스스로 잘 지어놓은 집이 되기 위해
> 은둔한다 말하겠습니다
> ─「은둔 편지」 부분

은둔은 세상을 피해 사는 일이다. 세속과 이별하는 것이다. 세속의 인심과 결별하는 것이다. 속인처럼 마음을 사용하지 않는 것이다. 은인隱人은 산야에 묻혀 숨어 살 뿐만 아니라 세속적인 욕망을 버린 사람이다. 시인은 물잠자리와 새우의 생태를 빌려 은둔의 성격을 말한다.

물잠자리는 "물길 빠른 수초 속에" 숨어 산다. 물살이 급하므로 바깥의 일들이 접근하는 것이 쉽지 않을 것이다. 바깥의 소리가 오는 것을 급한 물살에서 생겨난 소리들로 막았을 것이다. 대나무로 자신의 거처를 에둘러 바깥과의 연락과 출세를 끊고 살았다는 옛 은자들의 삶을 생각하게 하는 대목이다.

"한 철 깊은 바닷속에" 사는 새우 또한 별반 다르지 않다. 수심 깊은 곳에 사는 일로써 외부를 차단한 것이다. 그런데 물잠자리와 새우는 스스로 몸을 숨기고 살면서도 막행과 막식을 하지 않는다. "다시 새 몸 바꾸"거나 "다시 새 옷 갈아입는"다. 스스로 갱신하면서 "스스로 잘 지어놓은 집"이 된다. 스스로 잘 지어놓은 집이란 어떤 처소일까? 자성이 청정한 상태로 잘 유지된, 제어된 곳일 것이다.

혼자
아닌
여럿이
한집
되어

피는
파꽃을
보다가
언제부터
혼자였는지
하도
아련하여
눈을
감았다
—「나에게」전문

시인은 어느 날 파꽃 핀 것을 보았던 모양이다. 파꽃을 보면서 시
인은 여럿이 모여 하나를 이루는 것에 대해 생각한다. 다른 것들
이, 고르지 않은 것들이 많이 모여 함께 있는 것에 대해 생각한다.
일가一家를 이루는 것에 대해 생각한다. 그리고 당신의 독거를 돌
아본다. 그러나 당신의 독거를 살펴보되 자탄自歎은 없다. 독거의
세월이 깊고 멀다고 느끼되 스스로 넉넉해진 것에 대해, 스스로 적
요해진 것에 대해 생각한다.

그리하여 이 시를 읽다 보면 진각 혜심 선사의 선시가 생각난다.
"못가에 홀로 앉아 / 물 밑의 그대를 우연히 만나 / 묵묵히 웃음으
로 서로 바라볼 뿐 / 그대를 안다고 말하지 않네". 눈을 감는 행위
는 자신의 본래 자리로 마음을 돌이켜 모으는 것일 테다.

이제 막 붉디붉은 모란이 피었습니다
그대 있었을 때 피었으면 좋았을 텐데
—「붉은 모란」 전문

　이 시를 만났을 때 나의 마음은 시를 따라 한없이 애틋해졌다. 그리고 눈시울이 젖었다. 모란은 막 피었고, 그 붉기는 또 유난하여 이루 말로 표현할 수 없을 정도였을 것이다. 하늘을 활짝 열고 핀 모란의 아름다움을 본 화자는 지금 이곳에 함께 있지 않은 한 사람을 떠올린다.
　'그대'는 일차적으로 화자에게 사랑의 대상으로 읽히지만 꼭 그렇게 한정할 필요는 없을 것이다. 사랑을 말하되 깨끗하고 숭고한 뜻이 있으니 말이다. 이 시의 백미는 진한 그리움의 마음을 모란의 선명한 빛깔로 드러낸 데 있다. 이 짙은 빛깔로 인해 부재의 크기는 더욱 커진다. 시인의 시편들은 사랑의 감정을 노래할 때 보석처럼 빛난다. 다음의 시를 읽어보자.

　아침 무렵 늦게 잠 깬 새들 쉬어 가는 것 보았습니다

　점심 무렵 금방 떨어진 꽃잎들 쉬어 가는 것 보았습니다

　저녁 무렵 홀로 뜬 눈썹달 쉬어 가는 것 보았습니다

　나는 물끄러미 바라보면서도 잠시 쉬어 가지 못합니다

누군가에게 단 한 번 빈 의자 되어준 적 없어서입니다
　　　　－「빈 의자」 전문

　　이 시는 시간의 이동을 우선적으로 보여준다. 잠이 깨는 새날의
아침과 해가 중천을 지나가는 점심과 산 능선 위로 달이 떠 있는 저
녁의 시간을 화자는 우두커니 바라본다. 그리고 각각의 시간에 새,
꽃잎들, 눈썹달의 쉼을 바라본다. 이들의 쉼은 누군가의 베풂이 있
기 때문에 가능하다고 생각한다. 쉴 곳을 누군가가 펼쳐놓았다고
여기는 것이다. 그러면서 동시에 화자의 베풂과 사랑의 펼침이 어
느 정도였는지를 가늠한다. 생명들에 대한 봉양이 부족하지 않았
는지를 돌이켜본다. 생명 존재에 대한 이 모심에는 조건이 없다.
　　무량한 헌신적 사랑에 대한 생각은 이끼를 보면서도 드러난다.
"흐르는 강물이 강바닥 감싸 안듯 / 저무는 노을이 어둠 속 쓸어안
듯 / 누굴 만나 한 생의 위안이 되기 위해 / 무심히 온몸 던져 깊어
지는 네가 부럽다"(「이끼 2」). 뿐만 아니라 헌 옷가지를 보면서도
나타난다. "늦가을 밤 귀뚜라미 울음처럼 쓸쓸할 때도 / 토굴 사는
스님처럼 혼자 아파 눈물 날 때도 / 유행가 가사처럼 세상 골목 전
전할 때도 / 한약 한 사발 입에 붓는 힘이었다 / 오직 나만을 위해
닳고 해진 / 너의 늙은 시간을 와락 끌어안는다"(「헌 옷」).

　　아차 민들레를 밟았다
　　꽃도 피기 전에 밟혀 아프겠다

꽃도 피기 전에 밟아서 미안하다
천방지축 오고 가는 발자국 아래
펄떡이는 심장 속 피를 잠재우며
새 목숨 번지고 있는 것도 몰랐다
무심한 인기척에 근심했을 너를
오롯이 지켜봐 주지도 못했으면서
늘 거기 있는 꽃이려니 하고 살았다
　―「민들레를 밟았다」 부분

　표면적으로는 사랑의 감정을 사용한 것이 미흡했음을 고백하는 것처럼 보이는 이 시는 좀 더 꼼꼼하게 읽을 필요가 있다. 이 시에는 생명 존재에 대한 경이와 경의가 녹아 있기 때문이다. 유약하게만 보이는 민들레는 독립적으로 완전한 존재로 인식되고 있다. "펄떡이는 심장 속 피"는 생명을 유지시키느라 순환하는 뜨거운 혈액인 셈인데, 이 혈액을 끊임없이 받아들이고 내보내는 운동을 통해 민들레는 이 시에서 본바탕 그대로의 온전한 생명으로서 호명된다. 그리고 그 민들레를 호명하는 화자의 태도는 매우 너그럽고 따뜻하고 부드럽다.

아는 그릇쟁이 이 그릇 마음그릇이라며
사는 길 눈비 있거든 함께 담아 먹으라고
흙 불 빌려 몇 밤 새워 만들어준 밥그릇
　―「빈 밥그릇」 부분

시인의 시는 물물物物에서 마음을 읽는다. 뿐만 아니라 한 편의 시가 마치 마음의 경전처럼 느껴진다. 우리에게 마음의 사용법에 대해 일러주기 때문이다. 그래서 시는 깨달음의 경구처럼 읽힌다.

이 시에서의 구워진 밥그릇은 마음의 그릇이기도 하다. 밥그릇은 흙과 불을 빌려 만들어진 것인데, 흙과 불은 살면서 만나게 되는 기쁨과 슬픔으로도 이해할 수 있다. 밥그릇이 그렇게 흙과 불로 만들어진 것처럼 우리의 삶에서도 눈과 비가 내리는 궂은 날을 만나게 된다. 혹여 그러하거든 너무 개의하지 말고 조금은 무심한 듯 살라고 시인은 말한다. 수용하고, 좀 아량 있게, 여유와 여지를 갖고 살라고 말한다. 그리고 외로운 날에는 정정하게 사는 노간주나무를 떠올려 보라고 말한다.

삶에 외로움 많다는 친구여 나는
차츰차츰 외로워진다고 생각될 때
노간주나무 숲으로 가보려고 하네
바늘 같은 잎새들 뾰족하게 달고도
서로 찔러 아픈 피 흘리게 하지 않는
한 그루 따뜻한 나무로 사는 걸 아는가
폭설에 파묻혀 가지들 마냥 무거워도
서로 품 껴안고 절대 몸 꺾이지 않는
한 그루 정정한 나무로 사는 걸 아는가
저수지 아랫말 개 짖는 소리 끊기고

외로운 사람들 다른 외로움 거두어
편히 쉴 집으로 착하게 돌아가는 저녁
밤이면 새들도 날아와 외로움 털고 가는
뒷산 노간주나무 숲으로 가보려고 하네
　―「노간주나무 숲으로」 전문

　노간주나무 숲은 생명들이 평화와 화평을 이룬 하나의 세계이
다. 세속에 사는 동안 외롭고 괴로운 일이 많거든 노간주나무 숲으
로 가라고 시인은 권한다. 노간주나무는 "바늘 같은 잎새들 뾰족하
게 달고" 살지만 공동의 살림을 이뤄서 사는 데에 "서로 찔러 아픈
피 흘리게 하지 않는"다. 가해가 없다. 그리고 폭설과 같은 세파에
도 굳세고, 건강하고, 스스로 그 결기가 우뚝하다. 그래서 밤의 시
간에는 새들도 노간주나무 숲으로 날아와서 "외로움 털고 가는"
것이다. 이 시는 생명과 생명이 서로를 돕고 조화를 이루어서 살아
가는 화엄의 세계를 나직하고 순한 언어의 결로 보여준다.
　마음의 상태를 예민하게, 또 세세하게 잘 드러내는 시인의 시편
들은 때때로 대담한 마음의 사용에 대해 말하기도 한다. 재는 것 없
이, 마음이 가는 곳으로 순조롭게 따라가 볼 것을 권하기도 한다.
변화에 적응하고 호응하면서 얻게 되는 마음의 이익을 다음의 시
는 아름답게 노래한다.

가랑비 오거든 실컷 젖어보자
어느 한 군데도 빠짐없이 젖어보자

가랑비 따라갔던 옛 절터에서
비에 젖을수록 소소하게 살아나는
돌부처의 미소 보지 않았느냐
마른 것 놓아버리고 깊이 젖어서
티끌만큼도 감춤 없이 드러내 보자
서로 닿지 않는 먼 거리의 사랑도
온전히 젖어야 더 또렷해지는 법
　　　—「가랑비」부분

　가늘게 내리는 빗속을 화자는 걸어가고 있었을 것이다. 가랑비
는 대수롭지 않다고 여길 수 있으나 거듭되면 무시할 수 없게 되기
도 한다. 그러나 화자는 가랑비가 오거든 가랑비를 온몸으로 맞아
보자고 말한다. 이때의 가랑비는 비유적으로 읽히기도 한다. 가랑
비가 삶의 좋은 여건을 뜻하고 있지 않음은 물론이다.
　그러나 이러한 해석보다 더 중요한 것은 화자가 어떤 일의 진행
에 대범하게 한껏 이끌려 가보자고 권유하고 있다는 데에 있다. 마
음을 통 크게 사용해보자는 이런 제안은 다가올 세상의 일에 대해
너무 계측하고, 따져보고, 헤아리는 일을 좀 미루어보자는 제안이
기도 하다. 또 그렇게 대담하게 마음을 사용하다 보면 의외의 좋은
결과를 만나기도 한다고 말한다. 가랑비가 돌부처의 미소를 빠짐
없이 한껏 드러내듯이 말이다.

　큰 보리수 나뭇가지에 걸린 종소리를

다른 새들이 찻잎인 줄 알고 물고 가요
　　 -「다시 천은사」 부분

　시인의 이번 시집에는 아름다운 시구들이 아주 많다. 특히 위의
시구는 신비롭고 희귀한 것이라고 말하지 않을 수 없다. 이러한 시
구는 매우 예민한 감각에서 샘물처럼 솟아오른 것일 테다. 천연의
마음에만 비춰지는 세계의 풍경일 것이다.
　속 비운 종소리의 울림을 윤기가 나는 찻잎에 빗댄 이 표현은 정
말 빼어나다. 종의 음향과 그 여음을 눈앞의 파릇한 찻잎으로 물질
화하고 있다. 빗살처럼 빽빽한 잎들 사이에 맑은 종소리가 떨리며
마치 물결처럼, 날갯짓처럼 지나가는 것을 포착해서 표현한 시인
의 시안詩眼은 평범함을 훨씬 넘어선 것이다. 이러한 감촉의 희유
한 표현과 놀라운 시상詩想은 다음의 시에서도 발견된다.

　　내가 고요를 주마
　　너의 빈방 허허롭지 않게
　　필 데 없는 꽃들 들르거든
　　갈 데 없는 나비들 들르거든
　　돌멩이 단단하듯 사랑하고 살아라
　　더 비워져도 좋으니 고요하게 살아라
　　사랑도 고요가 필요할 때 있더라
　　 -「빈방-꽃과 나비 1」 전문

세상의 일을 잘 이해하고 있는 이의 음성이 가득 담긴 이 시는 매우 미려美麗하다. 특히 고요를 공간화하고 있고, 마음을 공간화하고 있다는 점을 주목할 만하다.

'너'의 빈방은 그야말로 텅 빈, 속이 비어 아무것도 없는 상태에 있다. 그 빈방이 마음의 상태일 때에는 허전하고, 허탈하고, 허망하고, 외로운 상태일 것이다. 그런데 시인은 이 공간을 '고요의 공간'이라고 새롭게 이름 지어준다. 그리고 그 고요가 실물인 것처럼, 하나의 물건인 것처럼 허허로워하는 '너'의 손에 쥐여주겠다고 말한다.

시인의 이러한 해석과 행위로 인해서 '너'의 빈방은 빈방이 아니게 된다. 오히려 당장에 꽉 찬, 그득한, 넘쳐날 것 같은 충만한 상태에 이르게 된다. "내가 고요를 주마 / 너의 빈방 허허롭지 않게"라는 이 짧은 시행에는 번개와 같은 인식의 섬광과 대전환이 숨어 있는 것이다.

시인의 시편들에서 또 하나 중요하게 살펴볼 대목은 다음의 시와 같은 예가 아닐까 한다. 다음의 시는 선시적인 파격과 비범함을 잘 보여준다.

볼 붉은 동자승
돌 속에 숨어서
꽃 지는 걸 보고 있다

수줍은가

두 손으로 두 눈 가리고
외친다 외친다

아주 지는 거 아니에요
잠시 자리 뜨는 거예요
다시 올 거예요
내년에
　　－「돌동자승 2」 전문

　선시의 높은 품격이 느껴지는 시다. 동자승의 모습을 본뜬 조각
상이 하나 세워져 있었을 것이다. 그리고 붉은 꽃나무가 한 그루 조
각상의 곁에 있었을 것이다. 꽃의 붉음은 동자승을 조각한 돌에 비
치며 떨어진다. 돌과 꽃 사이에 오가는 이 빛깔의 오묘한 오고 감과
번짐은 참 절묘하다.

　또한 이 시는 순간적인 것과 영원한 것에 대해 생각해보게 하고,
사라지는 것과 되돌아오는 것에 대해 생각해보게 한다. 생명이 없
는 돌 속에 사는 "볼 붉은 동자승"은 영원을 사는 존재이면서, 우주
생명의 생멸生滅을 잘 이해하는 존재이다. 그래서 두 눈을 가리고
수줍어하며 반복해서 외치는 이 동자승의 말은 깨달음의 언어와
게송에 가깝다. 이 조용한 풍경 속에 선리禪理가 들어 있다는 것은
놀라운 일이다.

　평범함으로 돌아가 밭에 집을 짓고 사는 이의 마음은 어떨까. 우
주 이법을 아주 잘 알고 있으며, 그것에 잘 따를 것이다. 생겨나고,

머무르고, 그러다 사라지고, 또다시 봄이 돌아오는 것을 밝은 눈으로 보고 있을 것이다. 세계의 아주 작은 떨림과 움직임 위에 마음을 앉힐 줄 알고, 또 어느 때에는 낮꿈과 같은 이 세계의 일은 낮잠에 든 듯 무심하게 바라보기도 할 것이다. 골짜기에 구름이 생겨나듯이 마음이 일어나는 것을 조금은 떨어져서 보고 있기도 할 것이다.

황청원 시인의 시는 이 모두를 우리에게 넌지시 보여준다. 그리하여 시 속에서 맑은 바람이 불어온다. 순백의 눈이 덮인, 시집이라는 들판의 위를 막 지나온 맑은 바람이 불어온다. 귀범전가에 가서 시인을 뵙고, 그간의 일을 여쭙고, 나도 한 줄기 맑은 바람으로 다시 돌아오고 싶다.